GENS DE MER

TRISTAN CORBIÈRE

GENS DE MER

EXTRAIT DE « LES AMOURS JAUNES »

« Nul mieux que lui, et je n'en excepte pas
« les plus grands, a décrit la mer et la vie
« des marins, dans ses *Gens de Mer*.
« SUTTER-LAUMANN. »

PARIS
LÉON VANIER, LIBRAIRE-ÉDITEUR
19, QUAI SAINT-MICHEL, 19

1891

Point n'ai fait un tas d'océans
Comme les Messieurs d'Orléans,
Ulysses à vapeur en quête...
Ni l'Archipel en capitan;
Ni le Transatlantique autant
Qu'une chanteuse d'opérette.

Mais il fut flottant, mon berceau,
Fait comme le nid de l'oiseau
Qui couve ses œufs sur la houle...
Mon lit d'amour fut un hamac;
Et, pour tantôt, j'espère un sac
Lesté d'un bon caillou qui coule.

— Marin, je sens mon matelot
Comme le bonhomme Callot
Sentait son illustre bonhomme...
— *Va*, bonhomme de mer *mal fait!*
Va, Muse à la voix de rogomme!
Va, Chef-d'œuvre de cabaret!

MATELOTS

Vos marins de quinquets à l'Opéra... comique,
Sous un frac en bleu-ciel jurent « Mille sabords! »
Et, sur les boulevards, le survivant chronique
Du *Vengeur* vend l'onguent à tuer les rats morts.
Le *Jûn'homme infligé d'un bras* — même en voyage —
Infortuné, chantant par suite de naufrage;
La femme en bain de mer qui tord ses bras au flot;
Et l'amiral *** — Ce n'est pas matelot!

— Matelots — quelle brusque et nerveuse saillie
Fait cette *Race à part* sur la race faillie!
Comme ils vous mettent tous, *terriens*, au même sac!
— *Un curé dans ton lit, un' fill' dans mon hamac!* —
. . . .

— On ne les connait pas, ces gens à rudes nœuds.
Ils ont le mal de mer sur vos *planchers à bœufs;*

A terre — oiseaux palmés — ils sont gauches et veûles.
Ils sont mal culottés comme leurs brûle-gueules,
Quand le roulis leur manque... ils se sentent rouler:
— *A terre, on a beau boire, on ne peut désoûler !*

— On ne les connaît pas. — Eux : que leur fait la terre?..
Une relâche, avec l'hôpital militaire,
Des filles, la prison, des horions, du vin...
Le reste : Eh bien, après? — Est-ce que c'est marin?...

— Eux ils sont matelots. — A travers les tortures,
Les luttes, les dangers, les larges aventures,
Leur *face-à-coups-de-hache* a pris un tic nerveux
D'insouciant dédain pour ce qui n'est pas Eux...
C'est qu'ils se sentent bien, ces chiens ! Ce sont des mâles !
— Eux : l'Océan ! — et vous : les plates-bandes sales ;
Vous êtes des *terriens*, en un mot, des *troupiers :*
— *De la terre de pipe et de la sueur de pieds!* —

Eux sont les *vieux-de-cale* et *les frères-la-côte*,
Gens au cœur sur la main, et toujours la main haute ;
Des natures en barre ! — Et capables de tout...
— Faites-en donc autant !... — Ils sont *de mauvais goût.*
— Peut-être... Ils ont chez vous des amours tolérées

Par un *grippe-Jésus* [1] accueillant leurs entrées...
— Eh ! faut-il pas du cœur au ventre quelque part,
Pour entrer en plein jour là — bagne-lupanar,
Qu'ils nomment le *Cap-Horn,* dans leur langue hâlée :
— Le cap Horn, noir séjour de tempête grêlée —
Et se coller en vrac, sans crampe d'estomac,
De la chair à chiquer — comme un nœud de tabac !

Jetant leur solde avec leur trop-plein de tendresse,
A tout vent ; ils vont là comme ils vont à la messe...
Ces anges mal léchés, ces durs enfants perdus !
— Leur tête a du requin et du petit-Jésus.

Ils aiment à tout crin : Ils aiment plaie et bosse,
La Bonne-Vierge, avec le gendarme qu'on rosse ;
Ils font des vœux à tout... mais leur vœu caressé
A toujours l'habit bleu d'un *Jésus-Christ* [2] rossé.

— Allez : ce franc cynique a sa grâce native...
Comme il vous toise un chef, à sa façon naïve !
Comme il connaît son maître : — *Un d'un seul bloc de bois!*

[1] *Grippe-Jésus :* petit nom marin du gendarme.
[2] *Jésus-Christ :* du même au même.

— *Un mauvais chien toujours qu'un bon enfant parfois!*

. . . .

— Allez : à bord, chez eux, ils ont leur poésie !
Ces brutes ont des chants ivre d'âme saisie
Improvisés aux quarts sur le gaillard-d'avant...
— Ils ne s'en doutent pas, eux, poème vivant.

— Ils ont toujours, pour leur *bonne femme de mère*,
Une larme d'enfant, ces héros de misère :
Pour leur *Douce-Jolie*, une larme d'amour !...
Au pays — loin — ils ont, espérant leur retour,
Ces gens de cuivre rouge, une pâle fiancée
Que, pour la mer jolie, un jour ils ont laissée.
Elle attend vaguement... comme on attend là-bas.
Eux ils portent son nom tatoué sur leur bras.
Peut-être elle sera veuve avant d'être épouse...
— Car la mer est bien grande et la mer est jalouse. —
Mais elle sera fière, à travers un sanglot,
De pouvoir dire encore : — Il était matelot !...
— C'est plus qu'un homme aussi devant la mer géante,
Ce matelot entier !...

Piétinant sous la plante

. . . .

Tel qu'une vieille coque au sec dégréée,
Où vient encor parfois clapoter la marée :
Ame-de-mer en peine est le vieux matelot
Attendant, échoué... — quoi : la mort?
— Non, le flot.

(Ile d'Ouessant. — Avril.)

LE BOSSU BITOR[1]

Un pauvre petit diable aussi vaillant qu'un autre,
Quatrième et dernier à bord d'un petit *côtre*...
Fier d'être matelot et de manger pour rien,
Il remplaçait le *coq*, le mousse et le chien ;
Et comptait, comme ça, quarante ans de service,
Sur *le rôle* toujours inscrit comme *novice !* —

... Un vrai bossu : cou tors et retors, très madré,
Dans sa coque il gardait sa petite influence ;
Car chacun sait qu'en mer un bossu porte chance...
— Rien ne f...iche malheur comme femme ou curé !

Son nom : c'était Bitor — nom de mer et de guerre —
Il disait que c'était un tremblement de terre
Qui, jeune et fait au tour, l'avait tout démoli :
Lui, son navire et des cocotiers... au Chili.

[1] Le *bitors* est un gros fil à voile tordu en double et goudronné.

. . . .

Le soleil est noyé. — C'est le soir — dans le port
Le navire bercé sur ses câbles, s'endort
Seul; et le clapotis bas de l'eau morte et lourde,
Chuchote un gros baiser sous sa carène sourde.
Parmi les yeux du brai flottant qui luit en plaque,
Le ciel miroité semble une immense flaque.

Le long des quais déserts où grouillait un chaos
S'étend le calme plat...
Quelques vagues échos...
Quelque novice seul, resté mélancolique,
Se chante son pays avec une musique...
De loin en loin, répond le jappement hagard,
Intermittent, d'un chien de bord qui fait le quart,
Oublié sur le pont...
Tout le monde est à terre.
Les matelots farauds s'en sont allés — mystère ! —
Faire, à grands coups de gueule et de botte... l'amour
— Doux repos tant sué dans les labeurs du jour. —
Entendez-vous là-bas, dans les culs-de-sac louches,
Roucouler leur chanson ces tourtereaux farouches !...

— Chantez ! La vie est courte et drôlement cordée !...
Hâle à toi, si tu peux, une bonne bordée

A jouer de la fille, à jouer du couteau...
Roucoulez mes Amours ! Qui sait : demain !... tantôt...

... Tantôt, tantôt... la ronde en écrémant la ville,
Vous soulage en douceur quelque traînard tranquille
Pour le coller en vrac, léger échantillon,
Bleu saignant et vainqueur, au clou. — Tradition. —

. . . .

Mais les soirs étaient doux aussi pour le Bitor,
Il était libre aussi, maître et gardien à bord...
Lové tout de son long sur un rond de cordage,
Se sentant somnoler comme un chat... comme un sage,
Se repassant l'oreille avec ses doigts poilus,
Voluptueux, pensif, et n'en pensant pas plus,
Laissant mollir son corps dénoué de paresse,
Son petit œil vairon noyé de morbidesse !...

— Un *loustic* en passant lui caressait les os :
Il riait de son mieux et faisait le gros dos.
. . . .

Tout le monde a pourtant quelque bosse en la tête...
Bitor aussi — c'était de se payer la fête !

Et cela lui prenait, comme un commandement
De Dieu : vers la Noël, et juste une fois l'an.
Ce jour-là, sur la brune, il s'ensauvait à terre
Comme un rat dont on a cacheté le derrière...
— Tiens ; Bitor disparu. — C'est son jour de sabbats
Il en a pour deux nuits : réglé comme un compas.
— C'est un sorcier pour sûr... —
Aucun n'aurait pu dire,
Même on n'en riait plus ; c'était fini de rire.

Au deuxième matin, le *bordailleur* rentrait
Sur ses jambes en pieds-de-banc-de-cabaret,
Louvoyant bord-sur-bord...
Morne, vers la cuisine
Il piquait droit, chantant ses vêpres ou matine,
Et jetait en pleurant ses savates au feu...
— Pourquoi — nul ne savait, et lui s'en doutait peu.
... J'y sens je ne sais quoi d'assez mélancolique,
Comme un vague fumet d'holocauste à l'antique...

C'était la fin ; plus morne et plus tordu, le hère
Se reprenait hâler son bitor de misère...

. . . .

— C'est un soir, près Noël. — Le côtre est à bon port,
L'équipage au diable, et Bitor...... toujours Bitor.
C'est le grand jour qu'il s'est donné pour prendre terre :
Il fait noir, il est gris. — L'or n'est qu'une chimère !
Il tient, dans un vieux bas de laine, un sac de sous...
Son pantalon à mettre et : — La terre est à nous ! —

... Un pantalon jadis *cuisse-de-nymphe-émue*,
Couleur tendre à mourir !... et trop tôt devenue
Merdoie... excepté dans les plis *rose d'amour*,
Gardiens de la couleur, gardiens du pur contour...

Enfin il s'est lavé, gratté — rude toilette !
— Ah ! c'est que ce n'est pas, non plus, tous les jours fête !...
Un cache-nez lilas lui cache les genoux,
— Encore un coup-de-suif ! et : La terre est à nous !
... La terre : un bouchon, quoi !... — Mais Bitor se sent riche :
D'argent, comme un bourgeois : d'amour, comme un caniche.
— Pourquoi pas le *Cap-Horn !*... Le sérail — Pourquoi pas !...
— Syrènes du *Cap-Horn*, vous lui tendez les bras !...

. . . . . . Ce bagne-lupanar
Qu'ils nomment le *Cap-Horn*, dans leur langue halée.
(*Les Matelots*, page 215.)

. . . .

Au fond de la venelle est la lanterne rouge,
Phare du matelot, *Stella maris* du bouge...
— Qui va là ? — Ce n'est plus Bitor ! c'est un héros,
Un Lauzun qui se frotte aux plus gros numéros !...
C'est Triboulet tordu comme un ver par sa haine !...
Ou c'est Alain Chartier, sous un baiser de reine !...
Lagardère en manteau qui va se redresser !...
— Non : C'est un bienheureux honteux — Laissez passer.
C'est une chair enfin que ce bout de rognure !
Un partageux qui veut son morceau de nature.
C'est une passion qui regarde en dessous
L'amour... pour le voler !... — L'amour à trente sous !

— Va donc, Paillasse ! Et le trousse-galant t'emporte !
Tiens : c'est là !... C'est un mur — Heurte encor !... C'est la porte :
As-tu peur ! —
Il écoute... Enfin : un bruit de clefs,
Le judas darde un rais : — Hô, quoi que vous voulez ?
— J'ai de l'argent. — Combien es-tu ? Voyons ta tête...
Bon. Gare à n'entrer qu'un ; la maison est honnête ;
Fais voir ton sac un peu ?... Tu feras travailler ?... —

Et la serrure grince, on vient d'entre-bâiller;
Bitor pique une tête entre l'huys et l'hôtesse,
Comme un chien dépendu qui se rue à la messe.
— Eh, là-bas ! l'enragé, quoi que tu veux ici ?
Qu'on te f...iche droit, quoi ? pas dégoûté ! Merci !
Quoi qui te faut, bosco ?... des nymphes, des pucelles
Hop ! à qui le Mayeux ? Eh là-bas, les donzelles !... —

Bitor lui prit le bras : — Tiens, voici pour toi, gouine :
Cache-moi quelque part... tiens - là... C'est la cuisine.
— Bon. Tu m'en conduiras une... et propre ! combien?...
— Tire ton sac. — Voilà. — Parole ! il a du bien !...
Pour lors nous en avons du premier brin : *cossuses;*
Mais on ne t'en a pas fait exprès des *bossuses...*
Bah ! la nuit tous les chats sont gris. Reste là voir,
Puisque c'est ton caprice ; as pas peur, c'est tout noir. —

. . . .

Une porte s'ouvrit. C'est la salle allumée.
Silhouettes grouillant à travers la fumée :
Les amateurs beuglant, ronflant, trinquant, rendus ;
— Des Anglais, jouissant comme de vrais pendus,
Se cuvent, pleins de tout et de béatitude ;
— Des Yankees longs, et roide-soûls par habitude,
Assis en deux, et, tour à tour tirant au mur

Leur jet de jus de chique, au but, et toujours sûr,
— Des Hollandais salés, lardés de couperose;
— De blonds Norwégiens hercules de chlorose;
— Des Espagnols avec leurs figures en os;
— Des baleiniers huileux comme des cachalots;
— D'honnêtes caboteurs bien carrés d'envergures
Calfatés de goudron sur toutes les coutures;
— Des Nègres blancs, avec des mulâtres lippus;
Des Chinois, le chignon roulé sous un *gibus*,
Vêtus d'un frac flambant neuf et d'un parapluie;
— Des chauffeurs venus là pour essuyer leur suie
— Des Allemands chantant l'amour en orphéon,
Leur patrie et leur chope... avec accordéon;
— Un noble Italien jouant avec un mousse
Qui roule deux gros yeux sous sa tignasse rousse;
— Des Grecs plats; des Bretons à tête biscornue;
— L'escouade d'un vaisseau russe, en grande tenue;
— Des Gascons adorés pour leur galant bagoût...
Et quelques renégats — écument du ragoût. —

Là, plus loin dans le fonds sur les banquettes grasses,
Des novices légers *s'affalent* sur les Grâces
De corvée... Elles sont d'un gras encourageant;
Ça se paye au tonnage, on en veut pour l'argent...

Et, quand on *largue tout*, il faut que la viande
Tombe, comme un *humier qui se déferle en bande!*

— On a des petits noms : *Chiourme*, *Jany-Gratis*,
Bout-dehors, *Fond-de-Vase*, *Anspeck*, *Garcette à-ris.*
— C'est gréé comme il faut : satin rose et dentelle;
Ils ne trouvent jamais la mariée assez belle...
— Du velours pour frotter à cru leur cuir tanné!
Et du fard, pour torcher leur baiser boucané!...
A leurs ceïntures d'or, faut ceinture dorée!
Allons! — *Ciel moutonné, comme femme fardée*
N'a pas longue durée à ces Pachas d'un jour...
— *N'en faut du vin! n'en faut du rouge!... et de l'amour!*

. . . .

Bitor regardait ça — comment on fait la joie —
Chauve-souris fixant les albatros en proie...
Son rêve fut secoué par une grosse voix :
— Eh, dis donc, l'oiseau bleu, c'est-y fini ton choix?
— Oui : (Ses yeux verts vrillaient la nuit de la cuisine)
... La grosse dame en rose avec sa crinoline!...
— Ça : c'est *Mary-Saloppe*, elle a son plein et dort. —
Lui, dégainant le bas qui tenait son trésor :
— Je te dis que je veux la belle dame rose!...
— Ça t'y du vice!... Ah çà : t'es porté sur la chose?...

Sa colère : c'est bon. — Sa joie : ah, pas de grâce !...
Ces dames rigolaient...
— Attrape : pile ou face ?
Ah, le malin ! quel vice ! il échoue en côté ! —
... Sur sa bosse grêlaient, avec quelle gaîté !
Des bouts de corde en l'air sifflant comme couleuvres ;
Les sifflets de gabier, rossignols de manœuvres,
Commandaient et rossignolaient à l'unisson...
— Tiens bon !... —
Pelotonné, le pauvre hérisson
Volait, rebondissait, roulait. Enfin la plainte
Qu'il rendait comme un cri de poulie est éteinte...
— Tiens bon ! il fait exprès... Il est dur, l'entêté ! ..
C'est un lapin ! ça veut le jus plus pimenté :
Attends !... —
Quelques couteaux pleuvent... *Mary-Saloppe*
D'un beau mouvement, hèle : — A moi sa place ! — Tope !
Amène tout en vrac ! largue !... —
Le jouet mort
S'aplatit sur la planche et rebondit encor...

Comme après un doux rêve, il rouvrit son œil louche
Et trouble... Il essuya dans le coin de sa bouche,
Un peu d'écume avec sa chique en sang... — C'est bien ;

C'est fini, matelot. Un coup de *sacré-chien !*
Ça vous remet le cœur ; bois !... —
Il prit avec peine
Tout l'argent qui restait dans son bon bas de laine
Et regardant *Mary-Saloppe*. — C'est pour toi.
Pour boire... en souvenir. — Vrai ! baise-moi donc, quoi !..
Vous autres, laissez-le, grands lâches ! mateluches !
C'est mon amant de cœur... on a ses coqueluches !
... Toi : file à l'embellie, en double, l'asticot :
L'échouage est mauvais, mon pauvre saligot !... —

Son œil marécageux, larme de crocodile,
La regardait encore... — Allons, mon garçon, file ! —
. . . .

C'est tout. Le lendemain, et jours suivants, à bord
Il manquait. — Le navire est parti sans Bitor. —

. . . .

Plus tard, l'eau soulevait une masse vaseuse
Dans le dock. On trouva des plaques de vareuse...
Un cadavre bossu, ballonné, démasqué
Par les crabes. Et ça fut jeté sur le quai,

Tout comme l'autre soir, sur une couverture.
Restant de crabe, encore il servit de pâture
Au rire du public; et les gamins d'enfants
Jouant au bord de l'eau noire sous le beau temps,
Sur sa bosse tapaient comme sur un tambour
Crevé...

— Le pauvre corps avait connu l'amour.

(Marseille. — La Joliette. — Mai.)

LE RENÉGAT

Ça c'est un renégat. Contumace partout :
Pour ne rien faire, ça fait tout.
Écumé de partout et d'ailleurs; crâne et lâche,
Écumeur amphibie, à la course, à la tâche;
Esclave, flibustier, nègre, blanc, ou soldat,
Bravo : fait tout ce qui concerne tout état;
Singe, limier de femme... ou même, au besoin, femme,
Prophète *in partibus*, à tant par kilo d'âme;
Pendu, bourreau, poison, flûtiste, médecin,
Eunuque; ou mendiant, un coutelas en main...

La mort le connaît bien, mais n'en a plus envie...
Recraché par la mort, recraché par la vie,
Ça mange de l'humain, de l'or, de l'excrément,
Du plomb, de l'ambroisie... ou rien — Ce que ça sent.—

Son nom? — Il a changé de peau, comme chemise...
Dans toutes langues c'est : Ignace ou Cydalyse,
Todos los santos... Mais il ne porte plus ça;
Il a bien effacé son *T. F.* de forçat!...

— Qui l'a poussé... l'amour? — Il a jeté sa gourme!
Il a tout violé : potence et garde-chiourme.
— La haine? — Non. — Le vol? — Il a refusé mieux.
— Coup de barre du vice? — Il n'est pas vicieux;
Non... dans le ventre il a de la fille-de-joie,
C'est un tempérament... un artiste de proie.

. . . .

Au diable même il n'a pas fait miséricorde.
— Hâle encore! — Il a tout pourri jusqu'à la corde.
Il a tué toute *bête*, éreinté tous les coups...

Pur, à force d'avoir purgé tous les dégoûts.

(Baléares.)

AURORA

—

APPAREILLAGE D'UN BRICK CORSAIRE

« Quand l'on fut toujours vertueux
« L'on aime à voir lever l'aurore... »

Cent vingt *corsairiens*, gens de corde et de sac,
A bord de la *Mary-Gratis*, ont mis leur sac.
— Il est temps, les enfants ! on a roulé sa bosse...
Hisse ! — C'est le grand foc qui va payer la noce.
Etarque ! — Leur argent les fasse tous cocus !...
La drisse du grand-foc leur rendra leurs écus...
— Hisse hoé !... *C'est pas tant le gendarm' qué jé r'grette !*
— Hisse hoà !... *C'est pas ça ! Naviguons, ma brunette !*

Va donc *Mary-Gratis*, brick écumeur d'Anglais !
Vire à pic et dérape !... — Un coquin de vent frais
Largue, en vrai matelot, les voiles de l'aurore ;

L'écho des cabarets de terre beugle encore...
Eux répondent en chœur, perchés dans les huniers,
Comme des colibris au haut des cocotiers :
« *Jusqu'au revoir, la belle,*
« *Bientôt nous reviendrons...* »

Ils ont bien passé là quatre nuits de liesse,
Moitié sous le comptoir et moitié sur l'hôtesse...
« ... *Tâchez d'être fidèle,*
« *Nous serons bons garçons...*

— Évente les huniers !... *C'est pas ça qué jé r'grette...*
— Brasse et borde partout !... *Naviguons, ma brunette !*
— *Adieu, séjour de guigne !..* Et roule, et cours bon bord...
Va, la *Mary-Gratis!* — au nord-est quart de nord. —

... Et la *Mary-Gratis*, en flibustant l'écume,
Bordant le lit du vent se gîte dans la brume.
Et le grand flot du large en sursaut réveillé
A terre va bâiller, s'étirant sur le roc :
Roul' ta bosse, tout est payé
Hiss' le grand foc!

. . . .

Ils cinglent déjà loin. Et, couvrant leur sillage,
La houle qui roulait leur chanson sur la plage,
Murmure sourdement, revenant sur ses pas :
— Tout est payé, la belle !... ils ne reviendront pas.

LE NOVICE EN PARTANCE

ET

SENTIMENTAL

A LA DÉCENTE DES MARINS CHEZ MARIJANE SERRE A BOIRE ET A MANGER COUCHE A PIEDS ET A CHEVAL.

DEBIT.

Le temps était si beau, la mer était si belle...
Qu'on dirait qu'y en avait pas.
Je promenais, un coup encore, ma Donzelle,
A terre, tous deux, sous mon bras.

C'était donc, pour du coup, la dernière journée.
Comme-ça : ça m'était égal...
Ça n'en était pas moins la suprême tournée
Et j'étais sensitif pas mal.

...Tous les ans, plus ou moins, je relâchais près d'elle
— Un mois de mouillage à passer —
Et je la relâchais tout fraichement fidèle...
Et toujours à recommencer.

Donc, quand la barque était à l'ancre, sans malice
J'accostais, novice vainqueur,
Pour mouiller un pied d'ancre, Espérance propice !..
Un pied d'ancre dans son cœur !

Elle donnait la main à manger mon décompte
Et mes avances à manger.
Car, pour un *mathurin*[1] faraud, c'est une honte :
De ne pas rembarquer léger.

J'emportais ses cheveux, pour en cas de naufrage,
Et ses adieux au long-cours.
Et je lui rapportais des objets de sauvage,
Que le douanier saisit toujours.

Je me l'imaginais pendant les traversées,
Moi-même et naturellement.

[1] *Mathurin : Dumanet* maritime.

Nous cherchions tous deux à nous dire quelque chose
De triste. — C'est plus propre aussi. —

...Elle ne disait rien — Moi : pas plus. — Et, sans doute,
La chose aurait duré longtemps...
Quand elle dit, d'un coup, au milieu de la route :
— Ah, Jésus ! comme il fait beau temps.—

J'y pensais justement, et peut-être avant elle...
Comme avec un même cœur, quoi !
Donc, je dis à mon tour : — Oh ! oui, mademoiselle,
Oui... Les vents hâlent le *noroî*...

— Ah ! pour où partez-vous ? — Ah ! pour notre voyage...
— Des pays mauvais ? — Pas meilleurs...
— Pourquoi ? — Pour faire un tour, démoisir l'équipage...
Pour quelque part, et pas ailleurs :

New-York... Saint-Malo... — Que partout Dieu vous garde !
— Oh !... Le saint homme y peut s'asseoir ;
Ça n'est notre métier à nous, ça nous regarde :
Eveillatifs, l'œil au bossoir !

— Oh ! ne blasphêmez pas ! Que la Vierge vous veille

4

— Oui : que je vous rapporte encor
Une bonne Vierge à la façon de Marseille :
Pieds, mains, et tête et tout, en or?...

— Votre navire est-il bon pour la mer lointaine
— Ah ! pour ça, je ne sais pas trop,
Mademoiselle ; c'est l'affaire au capitaine,
Pas à vous, ni moi matelot.

— Mais le navire a-t-il un beau nom de baptême?
C'est un *brick*... pour son petit nom :
Un espèce de nom de dieu... toujours le même,
Ou de sa moitié : *Junon*...

— Je tremblerai pour vous, quand la mer se tourmente...
— Tiens bon, va ! la coque à deux bords...
On sait patiner ça ! comme on fait d'une amante...
— Mais les mauvais maux ?... — Oh ! des sorts !

— Je tremble aussi que vous n'oubliiez mes tendresses
Parmi vos reines de là-bas...
— Beaux cadavres de femme : oui ! mais noirs et singesses...
Et puis : voyez, là, sur mon bras :

C'est l'*Hôtel de l'Hymen, dont deux cœurs en gargousse*
Tatoués à perpétuité!
Et *la petite bonne-femme en frac de mousse :*
C'est vous, en portrait... pas flatté.

— Pour lors, c'est donc demain que vous quittez?... — Peut-être.
— Déjà!... — Peut-être après-demain.
— Regardez en appareillant, vers ma fenêtre :
On fera bonjour de la main.

— C'est bon. Jusqu'au retour de n'importe où, m'amie...
Du Tropique ou Noukahiva.
Tâchez d'être fidèle, et moi : sans avarie...
Une autre fois mieux! — Adieu-vat!

(Brest-Recouvrance.)

LA GOUTTE

Sous un seul hunier — le dernier — à la cape,
Le navire était soûl ; l'eau sur nous faisait nappe.
— Aux pompes, faillis chiens ! — L'équipage fit — non. —

— Le hunier ! le hunier !...
C'est un coup de canon.
Un grand froufrou de soie à travers la tourmente.

— Le hunier emporté ! — C'est la fin. Quelqu'un chante. —
— Tais-toi, lascar ! — Tantôt. — Le hunier emporté !...
— Pare le foc, quelqu'un de bonne volonté !...
— Moi. — Toi, lascar ? — Je chantais ça, moi, capitaine.
— Va. — Non : la goutte avant ? — Non, après. — Pas la peine :
La grande tasse est là pour un coup... —
Pour braver,

Quoi ! mourir pour mourir et ne rien sauver...

— Fais comme tu pourras : Coupe. Et gare à la drisse.
— Merci —
D'un bond de singe il saute, de la lisse,
Sur le beaupré noyé, dans les agrès pendants.
— Bravo ! —
Nous regardions, la mort entre les dents.

— Garçons, tous à la drisse ! à nous !... pare l'écoute !...
(Le coup de grâce enfin...) — Hisse ! barre au vent toute
Hurrah ! nous abattons !... —
Et le foc déferlé
Redresse en un clin d'œil le navire acculé.
C'est le salut à nous qui bat dans cette loque
Fuyant devant le temps ! Encor paré la coque !
— Hurrah pour le lascar ! — Le lascar ?
— A la mer.
— Disparu ? — Disparu. — Bon, ce n'est pas trop cher.
. . . .

— Ouf ! C'est fait — Toi, lascar ! — moi, lascar, capitaine,
La lame m'a rincé de dessus la poulaine,
Le même coup de mer m'a ramené gratis...
Allons, mes poux n'auront pas besoin d'onguent-gris.

— Accoste, tout le monde ! Et toi, Lascar, écoute :
Nous te devons la vie... — Après? — Pour ça?... — La goutte !
Mais c'était pas pour ça, n'allez pas croire, au moins...
— Viens m'embrasser?—Attrape à torcher les grouins·
J'suis pas beau, capitain', mais, soit dit en famille,
Je vous ai fait plaisir plus qu'une belle fille?...

. . . .

Le capitaine mit, ce jour, sur son rapport :
— *Gros temps. Laissé porter. Rien de neuf à bord.* —

(A bord.)

BAMBINE

Tu dors sous les panais, capitaine Bambine
Du remorqueur havrais l'*Aimable-Proserpine*,
Qui, vingt-huit ans, fit voir au Parisien béant,
Pour vingt sous : *L'OCÉAN! L'OCÉAN!! L'OCÉAN!!!!*

Train de plaisir au large. — On double la jetée —
En rade : *y a-z-un peu d'gomme...* — Une mer démontée —
Et *la cargaison* râle : — Ah ! commandant ! assez !
Assez, pour notre argent, de tempête ! cessez ! —

Bambine ne dit mot. Un bon coup de mer passe
Sur les infortunés : — Ah, capitaine ! grâce !...
— C'est bon... si ces messieurs et dam's ont leur content?...
C'est pas pour mon plaisir, moi, v'sêtes mon chargement :
Pare à virer... —

Malheur ! le coquin de navire
Donne en grand sur un banc... — Stoppe ! Fini de rire ..
Et talonne à tout rompre, et roule bord sur bord
Balayé par la lame : — A la fin, c'est trop fort !... —

Et la *cargaison* rend des cris... rend tout! rend l'âme
Bambine fait les cent pas.
Un ange, une femme !
Le prend : — C'est ennuyeux ça, conducteur ! cessez
Faites-moi mettre à terre, à la fin! — c'est assez ! —

Bambine l'élongeant d'un long regard austère :
— A terre! q'vous avez dit?... vous avez dit : à terre...
A terre ! pas dégoûtaî !... Moi-z'aussi, foi d'mat'lot
J'voudrais ben!... attendu qu'si t'-ta-l'heure l'prim'flot
Ne soulag' pas la coque : vous et moi, mes princesses
J'bêrons ben, sauf respect, la lavure éd'nos fesses ! —

Il reprit ses cent pas, tout à fait mal bordé :
— A terre!... j'crâis f..tre ben! Les femm's!... pas dégoûté!

(Havre-de-Grâce, La Hève. — Août.)

CAP'TAINE LEDOUX

—

A LA BONNE RELACHE DES CABOTEURS
VEUVE-CAP'TAINE GALMICHE
CHAUDIÈRE POUR LES MARINS — COOK-HOUSE
BRANDY — LIQŒUR
— POULIAGE —

Tiens, c'est l'cap'tain' Ledoux !... eh quel bon vent vous pousse :
— Un *bon frais*, m'am'Galmiche, à fair' plier mon pouce :
R'lâchés en avarie, en rade, avec mon *lougre*...
— Auguss' ! on se hiss' pas comme ça desur les g'noux
Des cap'taines !... Eh, laissez, l'chérubin ! c'est à vous ?
— Mon portrait craché, hein ?... — Ah...
Ah ! l'vilain p'tit bougre.

(Saint-Malo-de-l'Isle.)

LETTRE DU MEXIQUE

La Vera-Cruz, 10 février.

« Vous m'avez confié le petit. — Il est mort.
« Et plus d'un camarade avec, pauvre cher être,
« L'équipage... y en a plus. Il reviendra peut-être.
« Quelques-uns de nous. — C'est le sort —

« Rien n'est beau comme ça — Matelot — pour un homme;
« Tout le monde en voudrait à terre — C'est bien sûr
« Sans le désagrément. Rien que ça : Voyez comme
« Déjà l'apprentissage est dur.

« Je pleure en marquant ça, moi, vieux *Frère-la-Cote.*
« J'aurais donné ma peau joliment sans façon
« Pour vous le renvoyer... Moi, ce n'est pas ma faute :
« Ce mal-là n'a pas de raison.

« La fièvre est ici comme Mars en carême,
« Au cimetière on va toucher sa ration.

AU VIEUX ROSCOFF

Berceuse en Nord-Ouest mineur.

Trou de flibustiers, vieux nid
A corsaire ! — dans la tourmente,
Dors ton bon somme de granit
Sur tes caves que le flot hante...

Ronfle à la mer, ronfle à la brise ;
Ta corne dans la brume grise,
Ton pied marin dans les brisans...
— Dors : tu peux fermer ton œil borgne
Ouvert sur le large, et qui lorgne
Les Anglais, depuis trois cents ans.

— Dors, vieille coque bien ancrée ;
Les margats et les cormorans
Tes grands poètes d'ouragans
Viendront chanter à la marée...

— Dors, vieille fille à matelots ;
Plus ne te soûleront ces flots
Qui te faisaient une ceinture
Dorée, aux nuits rouges de vin,
De sang, de feu ! — Dors... Sur ton sein
L'or ne fondra plus en friture.

— Où sont les noms de tes amants...
— La mer et la gloire étaient folles ! —
Noms de lascars ! noms de géants !
Crachés des gueules d'espingoles...

Où battaient-ils ces pavillons,
Echarpant ton ciel en haillons !...
— Dors au ciel de plomb sur tes dunes...
Dors : plus ne viendront ricocher
Les boulet morts, sur ton clocher
Criblé — comme un prunier — de prunes...

— Dors : sous les noires cheminées.
Ecoute rêver tes enfants,
Mousses de quatre-vingt-dix ans,
Epaves des belles années...

. . . .

Il dort ton bon canon de fer,
A plat-ventre aussi dans sa souille,
Grêlé par les lunes d'hyver...
Il dort son lourd sommeil de rouille.
— Va : ronfle au vent, vieux ronfleur,
Tiens toujours ta gueule enragée
Braquée à l'Anglais !... et chargée
De maigre jonc-marin en fleur.

(Roscoff. — Décembre.)

LE DOUANIER

Élégie de corps-de-garde à la mémoire des douaniers
gardes-côtes
mis à la retraite le 30 novembre 1869.

Quoi, l'on te fend l'oreille ! est-il vrai qu'on te rogne,
Douanier?... Tu vas mourir et pourrir sans façon,
Gablou?... —Non ! car je vais t'empailler — Qui qu'en grogne ! —
Mais, sans te déflorer : avec une chanson ;
Et te coller ici, boucané de mes rimes.
Comme les varechs secs des herbiers maritimes.

— Ange-gardien culotté par les brises,
Pénate des falaises grises,
Vieux oiseau salé du bon Dieu
Qui flânes dans la tempête,
Sans auréole à la tête,
Sans aile à ton habit bleu !..

Je t'aime, modeste amphibie

Et ta bonne trogne d'amour,
Anémone de mer fourbie
Epanouie à mon *bonjour!...*
Et j'aime ton *bonjour*, brave homme,
Roucoulé dans ton estomac,
Tout gargarisé de rogomme
Et tanné de jus de tabac!
J'aime ton petit corps de garde
Haut perché comme un goéland
        Qui regarde
Dans les quatre aires-de-vent.

Là, rat de mer solitaire,
Bien loin du contrebandier
Tu rumines ta chimère :
— Les galons de brigadier! —

Puis un petit coup-de-blague
Doux comme un demi-sommeil...
Et puis bâiller à la vague,
Philosopher au soleil...

La nuit, quand fait la rafale
La chair-de-poule au flot pâle,

Hululant dans le roc noir...
Se promène une ombre errante ;
Soudain : une pipe ardente
Rutile... — Ah ! douanier, bonsoir.

. . . .

— Tout se trouvait en toi, bonne femme cynique ;
Brantôme, Anacréon, Barème et le Portique ;
Homère-troubadour, vieille Muse qui chique !
Poète trop senti pour être poétique !...
— Tout : sorcier, sage-femme et briquet phosphorique,
Rose-des-vents, sacré gui, lierre bacchique,
Thermomètre à l'alcool, coucou droit à musique,
Oracle, écho, docteur, almanach, empirique,
Curé voltairien, huître politique...
— Sphinx d'assiette d'un sou, ton douanier souvenir
Lisait le bordereau même de l'avenir !

— Tu connaissais Phœbé, Phébus, et les marées...
Les amarres d'amour sur les grèves ancrées
Sous le vent des rochers ; et tout amant fraudeur
Sous ta coupe passait le colis de son cœur...
— Tu reniflais le temps, quinze jours à l'avance,
Et les noces : neuf mois... et l'état de la France ;

Tu savais tous les noms, les cancans d'alentour,
Et de terre et de mer, et de nuit et de jour !...

Je te disais ce que je savais écrire...
Et nous nous comprenions — tu ne savais pas lire --
Mais ta philosophie était un puits profond
Où j'aimais à cracher, rêveur... pour faire un rond.

. . . .

Un jour — ce fut ton jour ! — Je te vis redoutable :
Sous ton bras fiévreux cahotait la table
Où nageait, épars, du papier timbré ;
La plume crachait dans tes mains alertes
Et sur ton front noir, tes lunettes vertes
Sillonnaient d'éclairs ton nez cabré...

— Contre deux rasoirs d'Albion perfide,
Nous verbalisions ! tu verbalisais !
« *Plus les deux susdits... dont un baril vide...* »
J'avais composé, tu repolissais...

. . . .

— Comme un songe passé, douanier, ces jours de fête !
Fais valoir maintenant tes droits à la retraite...

— Brigadier, brigadier, vous n'avez plus raison !
— Plus de longue journée à gratter l'horizon,
Plus de sieste au soleil, plus de pipe à la lune,
Plus de nuit à l'affût des lapins sur la dune...
Plus rien, quoi !... que *la goutte* et le ressouvenir...
— Ah ! pourtant : tout cela c'est bien vieux pour finir !

— Va, lézard démodé ! Faut passer, mon vieux type ;
Il faut te voir t'éteindre et s'éteindre ta pipe...
Passer, ta pipe et toi, parmi les vieux culots :
L'administration meurt, faute de ballots !...

Telle que, sans rosée, une sombre pervenche
Se replie, en closant sa corolle qui penche...
Telle, sans contrebande, on voit se replier
La capote gris-bleu, corolle du douanier !...

Quel sera désormais le terme du problème :
— L'ennui contemplatif divisé par lui-même ? —
Quel balancier rêveur fera donc les cent pas,
Poète, sans savoir qu'il ne s'en doute pas...
Qui ? sinon le douanier. — Hélas, qu'on me le rende !
Dussé-je pour cela faire la contrebande...

. . . .

— Non : fini !... réformé ! Va, l'oreille fendue,
Rendre au gouvernement ta pauvre âme rendue...
Rends ton gabion, rends tes *Procès-verbaux divers* ;
Rends ton bancal, rends tout, rends ta chique !...
Et mes vers

(Roscoff. — Novembre.)

LE NAUFRAGEUR

Si ce n'était pas vrai — Que je crève!

. . . .

J'ai vu dans mes yeux, dans mon rêve,
La Notre-Dame des brisans
Qui jetait à ses pauvres gens
Un gros navire sur leur grève...
Sur la grève des Kerlouans
Aussi goélands que les goélands.

Le sort est dans l'eau : le cormoran nage,
Le vent bat en côte, et c'est le *Mois Noir*...
Oh! moi je sens bien de loin le naufrage!
Moi j'entends là-haut chasser le nuage.
Moi je vois profond dans la nuit, sans voir!

Moi je siffle quand la mer gronde,
Oiseau de malheur à poil roux!...

De son pied marin le pont près de crouler:
Tiens bon! Ça le connaît, ça va le désoûler.
Il finit comme ça, simple en sa grande allure,
D'un bloc: — *Un trou dans l'eau, quoi!... pas de fioriture.* —
. . . .

On en voit revenir pourtant: bris de naufrage.
Ramassis de scorbut et hachis d'abordage...
Cassés, défigurés, dépaysés, perclus:
— Un œil en moins. — Et vous, en avez-vous en plus?
— La fièvre jaune. — Eh bien, et vous, l'avez-vous rose?
— Une balafre. — Ah, c'est signé!... C'est quelque chose!
— Et le bras en pantenne. — Oui, c'est un biscaïen,
Le reste c'est le bel ouvrage au chirurgien.
— Et ce trou dans la joue? — Un ancien coup de pique.
— Cette bosse? — *A tribord?*... excusez: c'est ma chique.
— Ça? Rien: une *foutaise*, un pruneau dans la main,
Ça sert de baromètre, et vous verrez demain:
Je ne vous dis que ça, sûr, quand je sens ma crampe.
Allez, on n'en fait plus des coques de ma trempe!
On m'a pendu deux fois... —
Et l'honnête forban
Creuse un bateau de bois pour un petit enfant.

— Ils durent comme ça, reniflant la tempête
Riches de gloire et de trois cents francs de retraite,
Vieux culots de gargousse, épaves de héros!...
— Héros? — ils riraient bien!... — Non merci: matelots!

— Matelots! — Ce n'est pas vous, jeunes *mateluches*,
Pour qui les femmes ont toujours des coqueluches...
Ah, les vieux avaient de plus fiers appétits!
En haussant leur épaule ils vous trouvent petits.
A treize ans ils mangeaient de l'Anglais, les corsaires!
Vous, vous n'êtes que des *pelletas* militaires...
Allez, on n'en fait plus de ces *purs*, *premier brin!*
Tout s'en va... tout! La mer... elle n'est plus *marin!*
De leur temps, elle était plus salée et sauvage.
Mais, à présent, rien n'a plus de pucelage...
La mer... La mer n'est plus qu'une fille à soldats!...

— Vous, matelots, rêvez, en faisant vos cent pas
Comme dans les grands quarts... Paisible rêverie
De carcasse qui geint, de mât craqué qui crie...
— Aux pompes!...
— Non... fini! — Les beaux jours sont passés:
— *Adieu mon beau navire au trois mâts pavoisés!*

Pour avec elle, alors, tu feras dix cocus,
Dix tout frais de ce soir !... Vas-y pour tes écus
Et paye en double : On va t'*amatelotter*. Monte...
— Non ici... — Dans le noir ?... allons faut pas de honte !
— Je veux ici ! — Pas mèche, avec les règlements.
— Et moi je veux ! — C'est bon... mais t'endors pas dedans...

Ohé là-bas ! debout au quart, *Mary-Saloppe !*
— Eh, c'est pas moi *de quart !* — C'est pour prendre une chope,
C'est rien *la corvée*... accoste : il y a gras !
— De quoi donc ? — Va, c'est un qu'a de l'or plein ses bas,
Un bossu dans un sac, qui veut pas qu'on l'évente...
— Bon : qu'y prenne son soûl, j'ai le mien ! j'ai ma pente.
— Va, c'est dans la cuisine...

— Eh ! voyons-toi, Bichon...
T'es tortu, mais j'ai pas peur d'un tire-bouchon !
Viens... Si ça t'est égal : éclairons la chandelle ?
— Non. — Je voudrais te voir, j'aime Polichinelle...
Ah je te tiens ; on sait jouer Colin-Maillard !...
La matrulle ferma la porte...

— Ah tortillard !...

. . . .

— Charivari ! — Pour qui ? — Quelle ronde infernale,

Quel paquet crevé roule en hurlant dans la salle ?...
— Ah, peau de cervelas ! ah, tu veux du chahut !
A poil ! à poil ! on va te *carêner* tout cru !
Ah, tu grognes, cochon ! Attends, tu veux la goutte :
Tiens son ballon !... Allons, avale-moi ça... toute !
Gare au grappin, il croche ! Ah ! le cancre qui mord !
C'est le diable bouilli !... —

C'était l'heureux Bitor.

— Carognes, criait-il, molissez !... je régale...
— Carognes ?... Ah, roussin ! mauvais comme la gale !
Tu régales, Limonadier de la Passion ?
On te régalera, va ! double ration !
Pou crochard qui montais nous piquer nos *punaises !*
Cancre qui vient manger nos *peaux !*... Pas de foutaises,
Vous autres : Toi, *la mère*, apporte de là-haut,
Un grand tapis de lit, en double et comme-y faut !...
Voilà ! —

Dix bras tendus hâlent la couverture.
— Le *tortillou* dessus !... On va la danser dure;
Saute Paillasse ! hop là !... —

C'est que le matelot,
Bon enfant, est très dur quand il est *rigolot*.

Je m'en imaginais d'autres aussi — sensées
Elle — dans mon tempérament.

Mon nom mâle à son nom femelle se jumelle,
Bout-à-bout et par à peu-près :
Moi je suis Jean-Marie et c'est Mary-Jane elle...
Elle ni moi *n'ons* fait exprès.

... Notre chien de métier est chose assez jolie
Pour un leste et gueusard amant ;
Toujours pour démarrer on trouve l'embellie :
— Un pleur... Et saille de l'avant !

Et hisse le grand foc ! — la loi me le commande. —
Largue les *garcettes* [1], sans gant !
Etarque à bloc ! — L'homme est libre et la mer est grande —
La femme : un sillage !... Et bon vent ! —

On a toujours, puisque c'est dans notre nature,
— Coulant en douceur, comme tout —
Filé son câble par le bout, sans *fignolure*...
Filé son câble par le bout !

[1] *Garcettes.*—Bouts de cordes qui servent à serrer les voiles.

— File!... la passion n'est jamais défrisée,
　　— Evente tout et pique au nord!
Borde la brigantine et porte à la risée!...
　　— On prend sa capote et s'endort...

— Et file le parfait amour! à ma manière,
　　— Ce n'est pas la bonne : tant mieux!
C'est encor la meilleure et dernière et première...
　　As pas peur d'échouer, mon vieux!

Ah! la mer et l'amour! — On sait — c'est variable...
　　Aujourd'hui : zéphyrs et houris!
Et demain... c'est un grain : Vente la peau du diable!
　　Debout au quart! croche des ris!...

— Nous fesons le bonheur d'un tas de malheureuses,
　　Gabiers-volants de Cupidon!...
Et la lame de l'ouest nous rince les pleureuses...
　　— Encor une! et lave le pont!

. . . .

Comme ça moi je suis. Elle, c'était la rose
　　D'amour, et du débit d'ici...

« Le zouave a nommé ça — Parisien quand-même —
« *Le jardin d'acclimatation.* »

« Consolez-vous. Le monde y crève comme mouches.
« . . . J'ai trouvé dans son sac des souvenirs de cœur :
« Un portrait de fille, et deux petites babouches,
« Et : marqué — *Cadeau pour ma sœur.* —

« Il fait dire à *maman :* qu'il a fait sa prière.
« Au père : qu'il serait mieux mort dans un combat.
» Deux anges étaient là sur son heure dernière :
« Un matelot. Un vieux soldat. »

(Toulon, 24 mai.)

LE MOUSSE

Mousse : il est donc marin, ton père !...
— Pêcheur. Perdu depuis longtemps,
En découchant d'avec ma mère,
Il a couché dans les brisants...

Maman lui garde au cimetière
Une tombe — et rien dedans. —
C'est moi son mari sur la terre,
Pour gagner du pain aux enfants

Deux petits. — Alors, sur la plage,
Rien n'est revenu du naufrage?...
— Son garde-pipe et son sabot...

La mère pleure, le dimanche,
Pour repos... Moi : j'ai ma revanche
Quand je serai grand — matelot ! —

(**Baie des Trépassés.**)

J'ai promis aux douaniers de ronde,
Leur part, pour rester dans leurs trous...
Que je sois seul ! — oiseau d'épave
Sur les brisans que la mer lave...
. . . .
Oiseau de malheur à poil roux !

— Et qu'il vente la peau du diable !
Je sens ça déjà sous ma peau.
La mer moutonne !... — Ho, mon troupeau !
— C'est moi le berger, sur le sable...

L'enfer fait l'amour. — Je ris comme un mort —
Sautez sous le *Hû !*... le *Hû* des rafales,
Sur les *noirs taureaux sourds*, *blanches cavales !*
Votre écume à moi, *cavales d'Armor !*
Et vos crins au vent !... — Je ris comme un mort —

Mon père était un vieux *saltin*,
Ma mère une vieille *morgate*...
Une nuit, sonna le tocsin :
— Vite à la côte : une frégate ! —
... Et dans la nuit, jusqu'au matin,
Ils ont tout rincé la frégate...

— Mais il dort mort le vieux *saltin*[1],
Et morte la vieille *morgate*[2]...
Là-haut, dans le paradis saint
Ils n'ont plus besoin de frégate.

(Banc de Kerlouan — Novembre.)

[1] *Saltin :* pilleur d'épaves.
[2] *Morgate :* pieuvre.

A MON COTRE LE NÉGRIER

Vendu sur l'air de : *Adieu, mon beau Navire!...*

Allons, file, mon côtre !
Adieu, mon Négrier.
Va, file aux mains d'un autre
Qui pourra te noyer...

Nous n'irons plus sur la vague lascive
Nous gîter en fringant !
Plus nous n'irons à la molle dérive
Nous rouler en rêvant...

— Adieu, rouleur de côtre,
Roule, mon Négrier,
Sous les pieds plats de l'autre
Que tu pourras noyer.

Va ! nous n'irons plus rouler notre bosse...
Tu cascadais fourbu ;

Les coups de mer arrosaient notre noce,
Dis : en avons-nous bu !...

— Et va, noceur de côtre !
Noce, mon Négrier !
Que sur ton pont se vautre
Un noceur perruquier.

... Et, tous les crins au vent, nos chaloupeuses
Ces vierges à sabords !
Te patinant dans nos courses mousseuses !...
Ah ! c'étaient les bons bords !...

— Va, pourfendeur de lames,
Pourfendre, ô Négrier !
L'estomac à des dames
Qui *paîront leur loyer*.

..Et sur le dos rapide de la houle,
Sur le roc au dos dur,
A toc de toile allait ta coque soûle...
— Mais toujours d'un œli sûr ! —

— Va te soûler, mon côtre :
A crever ! Négrier.
Et montre bien à l'autre
Qu'on savait louvoyer.

... Il faisait beau quand nous mettions en panne,
Vent-dedans vent-dessus;
Comme on pêchait !... Va : je suis dans la panne
Où l'on ne pêche plus.

— La mer jolie est belle
Et les brisans sont blancs...
Penché, trempe ton aile
Avec les goélands !...

Et cingle encor de ton fin mat-de-flèche,
Le ciel qui court au loin.
Va ! qu'en glissant, l'algue profonde lèche
Ton ventre de marsouin !

— Va, sans moi, sans ton âme
Et saille de l'avant !...
Plus ne battras ma flamme
Qui chicanait le vent.

Que la risée enfle encore ta *Fortune* [1]
En bandant tes agrès !
— Moi : plus d'agrès, de lest, ni de fortune. .
Ni de risée après !

... Va-t'en, humant la brume
Sans moi, prendre le frais,
Sur la vague de plume...
Va ! — Moi j'ai trop de frais. —

Légère encor est pour toi la rafale
Qui frisotte la mer !
Va... — Pour moi seul, rafalé, la rafale
Soulève un flot amer !...

— Dans ton âme de côtre,
Pense à ton matelot
Quand, d'un bord ou de l'autre,
Remontera le flot...

[1] Large voile de beau temps.

— Tu peux encor échouer ta carène
Sur l'humide varech ;
Mais moi j'échoue aux côtes de la gène,
Faute de fond — à sec —

(Roscoff. — Août.)

LE PHARE

Phœbus, de mauvais poil, se couche,
Droit sur l'écueil :
S'allume le grand borgne louche,
Clignant de l'œil.

Debout, Priape d'ouragan,
En vain le lèche
La lame de rut écumant...
— Il tient sa mèche.

Il se mâte et rit de sa rage,
Bandant à bloc ;
Fier bout de chandelle sauvage
Plantée au roc !

— En vain, sur sa tête chenue,
D'amont, d'aval,
Caracole et s'abat la nue,
Comme un cheval...

— Il tient le lampion au naufrage,
Tout en rêvant,
Casse la mer, crève l'orage,
Siffle le vent,

Ronfle et vibre comme une trompe,
— Diapason
D'Eole — Il se peut bien qu'il rompe,
Mais plier, — non. —

Sait-il son Musset : A la brune
Il est jauni
Et pose juste pour la lune
Comme un grand I.

... Là, gît debout une vestale
— C'est l'allumoir —
Vierge et martyre (sexe mâle)
C'est l'éteignoir. —

Comme un lézard à l'eau-de-vie
Dans un bocal,
Il tirebouchonne sa vie
Dans ce fanal.

Est il philosophe ou poète?...
— Il n'en sait rien. —
Lunatique ou simplement bête?...
— Ça se vaut bien. —

Demandez-lui donc s'il chérit
Sa solitude?
— S'il parle, il répondra qu'il vit...
Par habitude.

. . . .

— Oh! que je voudrais là, Madame,
Tous deux!... — veux-tu? —
Vivre, dent pour œil, corps pour âme!...
— Rêve pointu. —

Vous percheriez dans la lanterne :
Je monterais...
— Et moi : ci-gît, dans la citerne..
— Tu descendrais. —

Dans le boyau de l'édifice
Nous promenant,

Et, dans *le feu* — sans artifice —
Nous rencontrant.

Joli ramonage... et bizarre,
Du haut en bas!
Entre nous... l'érection du phare
N'y tiendrait pas...

(Les **Triagots**. — **Mai**.)

LA FIN

Oh ! combien de marins, combien de capitaines
Qui sont partis joyeux pour des courses lointaines
Dans ce morne horizon se sont évanouis !...
. . . .

Combien de patrons morts avec leurs équipages !
L'Océan, de leur vie a pris toutes les pages,
Et, d'un souffle, il a tout dispersé sur les flots.
Nul ne saura leur fin dans l'abîme plongée...
. . . .

Nul ne saura leurs noms, pas même l'humble pierre,
Dans l'étroit cimetière où l'écho nous répond,
Pas même un saule vert qui s'effeuille à l'automne,
Pas même la chanson plaintive et monotone
D'un aveugle qui chante à l'angle d'un vieux pont.

(V. Hugo. — *Oceano nox.*)

Eh bien, tous ces marins — matelots, capitaines,
Dans leur grand Océan à jamais engloutis...
Partis insoucieux pour leurs courses lointaines
Sont morts — absolument comme ils étaient partis.
Allons ! c'est leur métier ; ils sont morts dans leurs bottes !
Leur *boujaron*[1] au cœur, tout vifs dans leurs capotes...

— *Morts*... Merci : la *Camarde* a pas le pied marin ;
Qu'elle couche avec vous : c'est votre bonne-femme...
— Eux, allons donc : Entiers ! enlevés par la lame !
Ou perdus dans un grain...

Un grain... est-ce la mort, ça ? La basse voilure
Battant à travers l'eau ! — Ça se dit *encombrer*...
Un coup de mer plombé, puis la haute mâture
Fouettant les flots ras — et ça se dit *sombrer*.

— Sombrer. — Sondez ce mot. Votre *mort* est bien pâle
Et pas grand'chose à bord, sous la lourde rafale...
Pas grand'chose devant le grand sourire amer
Du matelot qui lutte. — Allons donc, de la place ! —
Vieux fantôme éventé, la Mort change de face :
La Mer !...

Noyés ? — Eh allons donc ! Les *noyés* sont d'eau douce,
— Coulés ! corps et biens ! Et, jusqu'au petit mousse,
Le défi dans les yeux, dans les dents le juron !
A l'écume crachant une chique râlée,
Buvant sans hauts-de-cœur *la grand' tasse salée*...
— Comme ils ont bu leur boujaron. —

. . . .

[1] *Boujaron :* ration d'eau-de-vie.

— Pas de fond de six pieds, ni rats de cimetière :
Eux ils vont aux requins ! L'âme d'un matelot
Au lieu de suinter dans vos pommes de terre,
Respire à chaque flot.

— Voyez à l'horizon se soulever la houle ;
On dirait le ventre amoureux
D'une fille de joie en rut, à moitié soûle...
Ils sont là ! — La houle a du creux. —

— Ecoutez, écoutez la tourmente qui beugle !...
C'est leur anniversaire. — Il revient bien souvent. —
O poète, gardez pour vous vos chants d'aveugle ;
— Eux : le *De profundis* que vous corne le vent.

... Qu'ils roulent infinis dans les espaces vierges !...
Qu'ils roulent verts et nus,
Sans clous et sans sapin, sans couvercle, sans cierges...
— Laissez-les donc rouler, *terriers* parvenus !

(A bord. — 11 février.)

ÉVREUX, IMPRIMERIE DE CHARLES HÉRISSEY

www.ingramcontent.com/pod-product-compliance
Ingram Content Group UK Ltd.
Pitfield, Milton Keynes, MK11 3LW, UK
UKHW021311190726
13839UKWH00007B/1179